8 mars 1869

Gravure

XLIII

— (15) 95 — "

8

6 — "

9 9

(9)

6

(57)

(18-50)

(6-50)

(75)

(9-50

(16)

(8-10)

(6-50)

09 (11-) (11)

(26) (26)

(12)

(80

(11-

(75)

(14)

(3)

2 (2)

(5)

9

2

Double

(3)
(8)
(3-)
(4)
(3–50)

25–

–50

41 — "

— (5)

(21) —

— (6 – 50)

— (10 —) "

— (36 —) "

= (7 —)
Double 5

(14 - 50)

(19)

(21)

(34)

(~~24~~)

(25)

(20)

(12) ~~50~~

(12 – 50)

(11 – 50)

— (9 – 50)

(5)

(3 – 50)

6 — "

5

(32)
(90)
(21)

Marque

-1

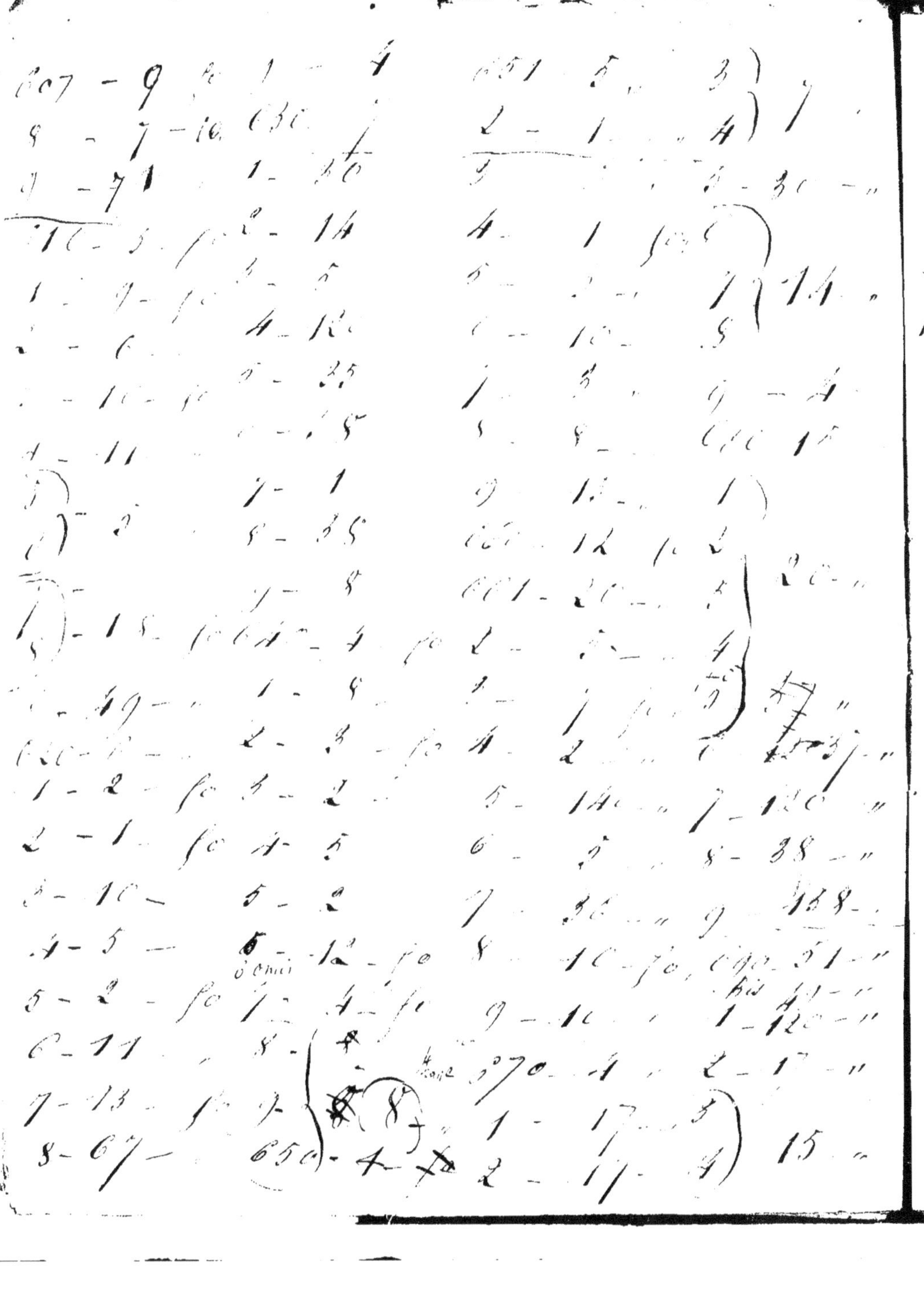

6 95 – 32 / 16 – 23 4/7 (41)	[illegible]	7 – 10	7 1 – 6 (6)
[illegible]	5 – 6 fo	7 40 – 11	2 – 8 (3)
7 – 20 (28)	1 – 20	1 – 9	3 – 9 (9)
5 – 26	7 20 – 2	2 – 2	4 – 26 (26)
9 – 10	1 – 2 fo	3 – 13 fo	5 – 240 (240)
fo – 15	2 – 15	4 – 14	6 – 1
1 – 41	3 – 2	5 – 12 fo	7 – 7
2 – 11	4 – 14	6 – 28	8 – 5
[illegible]	[illegible] 11	1 – 15	9 – 1
1 – 5	5	5	11
– 10	1 – 8	9 – 21	1
– 12	8 – 15	75 – [illegible]	1 – 3
1 – 5	9 – 20	1 – 36	2 – 2
5	7 – 11	2 – 10 fo	1 – 9 fo
9 – 5 – fo	1 – 31	3 – 2	– 8
711 – 14 – fo	2 – 10	4 – 3 fo	6 – 11
1 – 2 – fo	3 – 14	5 – 2 – fo	7 – 8
2 – 4	4 – 11 fo	6 – 51	8 – 14 – fo
3 – 5	5 – 10	7 – 1	9 – 11
4	6 – 12 – fo	8 – 26	780 – 13
5	7 – 4	9 – 1/16	1 – 23
6 – 1 [illegible]	8 – 3 – fo	700 – 16 (2)	2 – 25

1 - 35 - "
2 - 46 - "
3 - 23 - "
4 - 15 - 50

4 50

Double 3-50
1 - (11-50)
8 - 11 (11-50)
9 - 9 (9)
850 - 14 (14-50)
1 - 5 (5-50)
2 - 20 (20)
3 - 12 - 50
4 - 17 - "
5 - 15 - "
6 - 12 - "
7 - 62 - "
8 - 7 - "
9 - 38 - "

890 - 20 - "
1 - 13 - 50
2 - 40 - "
3 - 142 - "

4 - 7 - 50
5 - 12 - 50
6 - 9 - 50
7 - 8 - "
8 - 12 - "
9 - 7 - "
900 - 7 - 50
1 - 20 - "
2 - 21 - "
3 - 9 - "
4 - 12 - "
5 - 20 - "
6 - 16 - "
7 - 3 - 50

8 - 6 - "
9 - 20 - "
910 - 42 - "
1 - 7 - "
2 - 30 - "
3 - 40 - "
4 - 11 - "
5 - 125 - "
6 - 37 - "

7 - 17 (11)
8 - 46 (46)
9 - 15 (15)
920 - 11 (91)
1 - 14 - "
2 - 22 - "
3 - 62 - "
4 - 39 - "
5 - 11 - "
6 - 11 - "
7 - 3 - 50

8 - 50 - "
9 - 53 - "
930 - 39 - "
1 - 31 - "
2 - 35
3 - 80 - "
4 - 114 (114)
5 - 96 - "
6 - 50 - "
7 - 100
8 - 161 - "

9 - 81
940 - 65
1 - 77
2 - 70
3 - 32
4 - 8 - 50

5 - 50
6 - 60
7 - 15
8 - 100
9 - 10
950 - 10
1 - 3 - 50
2 - 11 (11)
3 - 16 (16)
4 - 14 (14)
5 - 5 (5-50)
6 - 40 (40)
7 - 10 (10-50)
8 - 4 (4-50)
9 - 10 (10-50)
960 - 15 (15)

1049 - 50	1070 - ~~79~~ (97 50)	2 - 20	4 - 33
1050 - 44	1 - 17 (11)	3 - 17	5 - 37
1 - 31	2 - ~~18~~ (13 50)	4 - 6 50	6 - 30
2 - 35	3 - ~~8~~ (8 60)	5 - 48	7 - 20
3 - 18	4 - ~~38~~ (8)	6 - 20	8 - 30
4 - 15	5 - 36 (36)	7 - 75	9 - 70
[illegible]	6 - 41	8 - 34	1120 - 28
[illegible]	7 - 64	9 - 230	1 - 35
7 - 27	8 - 8 50	1100 - 140	2 - 51
8 - 2	9 - 20	1 - 20	3 - 12 50
9 - 31	1080 - 60	2 - 30	4 - 14 50
1060 - 24	1 - 30	3 - 16	5 - 16
1 - 10	2 - 20	4 - 10	6 - 20
2 - 27	3 - 41	5 - 5	7 - 16
3 - 62	4 - 13	6 - 80	8 - 7
4 - 71	5 - 90	7 - 33	9 - 5
5 - 72	6 - 1	8 - 50	1130 - 2
6 - ~~11~~ (10 50)	7 - 21	9 - 17	1 - 11
7 - 95	8 - 82	1110 - 51	2 - 15
8 - 50	9 - 60	1 - 121	3 - 9 - 80
9 - 23	1090 - 25	2 - 40	4 - 3 50
Bis 3 - 50	1 - 50	3 - 126	5 - 15

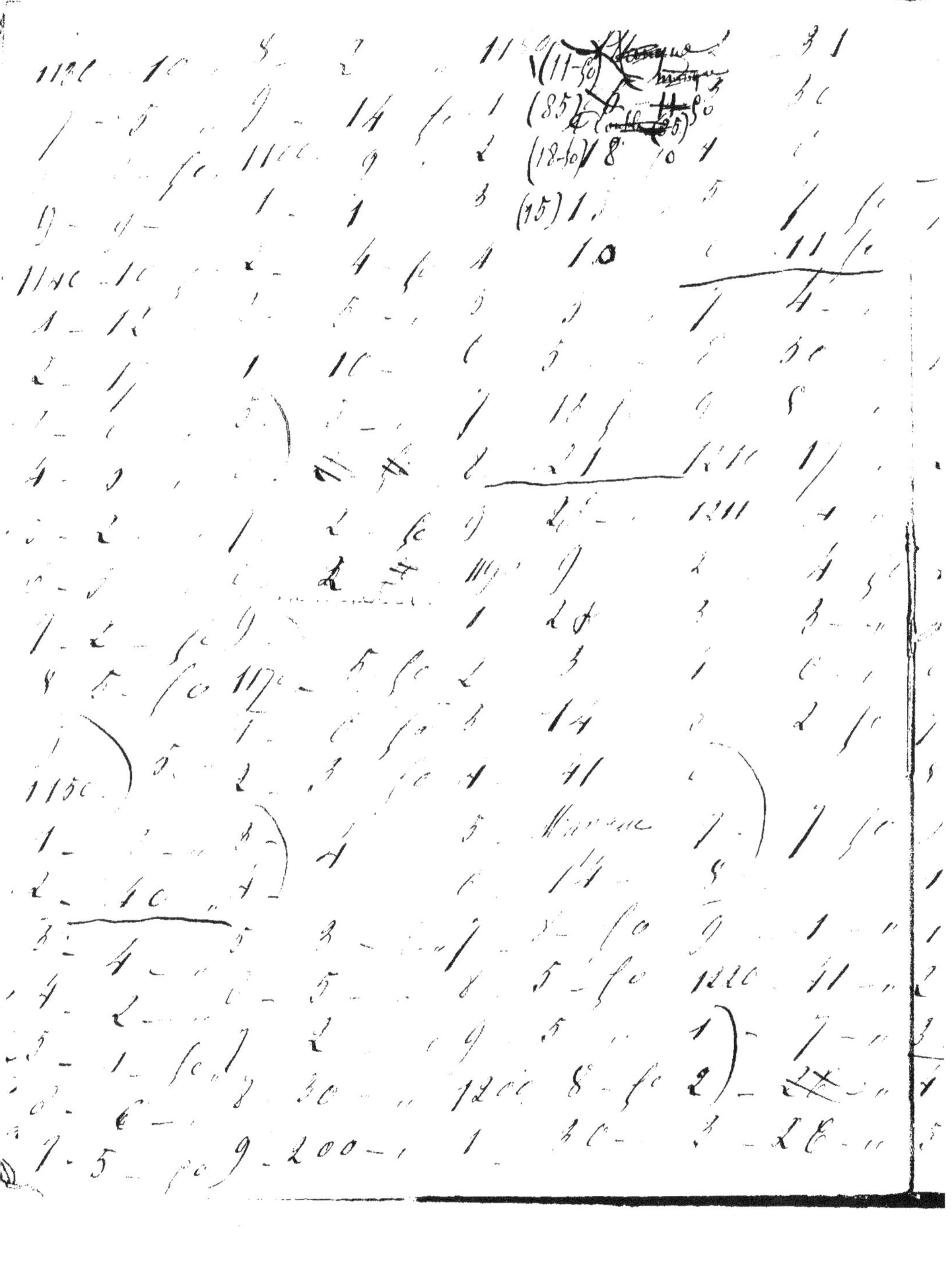

1824) 7 | 6 50 | 8 - 2 | 1137 - 2
7 | 7 20 | 9 - 7 (7) 24 | 1301 - 16
15 | 9 505 | 1270 (7) (7) | 2 - 16
9 50 | 21 | 1 (3) | 3 - 12 50
12 | 1250 11 | 2 (8) | 4 10
16 | 1251 14 | 3 - 3 42 | 5 - manque catalogue
21 | 2 21 | 4 (12) 2 Double (20) | 6 - 26
5 | 3 32 | 5 54 | 7
9 | 4 Bis 125 | 6 9 50 | 8 - 51
3 | 5 1/2 (27 c) | 7 4 | 9 - 0 50
16 | 6 [illegible] | 8 36 | 1310 - 21
[illegible] | 7 manque | 9 5 | 1 - 23
28 | 8 1 50 | 1150 [illegible] | 2 - 25
22 | 9 | 1 - 1 58 | 3 - 26 (21)
30 | 1260 1 50 | 2 - 36 (30) | 4 - 7 50
13 | 1 - 1 | 3 22 | 5 - 23
1240 - 40 | 2 - 4 | 4 40 50 | 6 - 20 (26)
1 - 120 | 3 - 40 (40) | 5 - 26 | 7 - 37
2 - 70 | 4 - 19 | 6 - 12 | 8 - 21
3 - 30 (30) | 5 - 10 (10) | 7 - 32 | 9 - 34
4 - 18 | 6 18 | 8 - 13 | 1310 - 14
5 - 51 (55) | 7 - 1 (1 50) | 9 - 16 | 1311 - 23

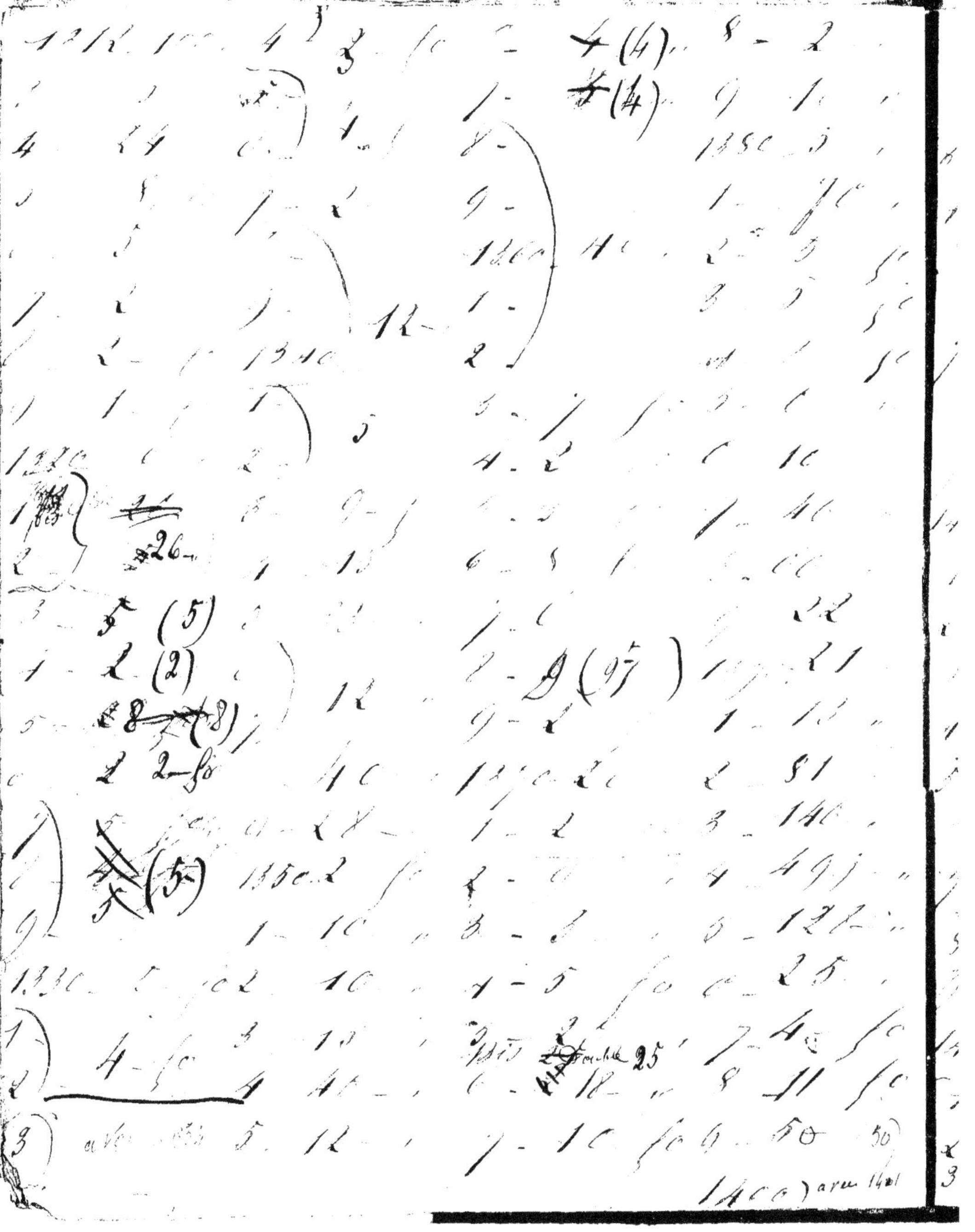

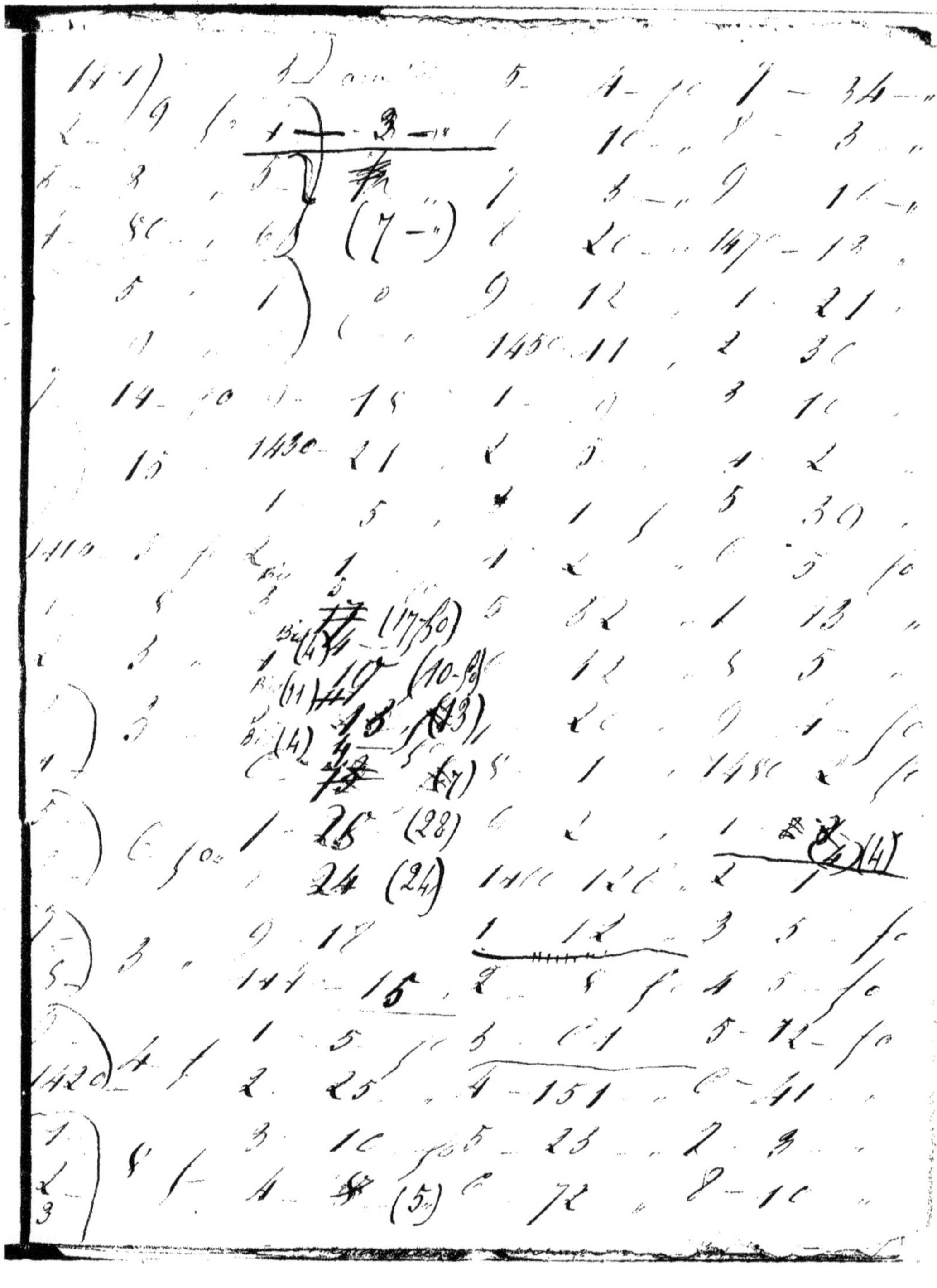

0 - 1790 1. 6 3 - 22 5 11

1190 10 . 3 7 (4) 20 6 24

1 10 . 3 - 30 5 7 10

2 - 7 . 4 13 (6) 16 . 8 11

3 - 7 - 5 5 7 19

1 4 - 6 6 1506 25

7 - 7 6 . 9 2 1 22

6 40 . 5 15 1510 [illegible]

7 - 5 9 12 1 1 7

1 - 13 1520 10 2 1

1 - 16 - 1 11 fo 3 9 . fo 3 9

1500 - 4 . 2 10 4 10 . 6 6 fo

1 - 42 3 31 5 29 7 fo

2 - 11 4 21 6 22 . 8 30

3 - 4 fo 5 30 7 6 9

4 - 12 6 11 8 25 1540 - 10

5 - 2 fo 7 - 6 9 - 23 1 - 7

6 - 18 - 8 - 23 1550 - 15 2 - 8

7 - 4 fo 0 - 14 1 - 10 3 - 15

8 - 10 1530 3 - fo 2 9 4 11

9 - 2 1 - 12 3 - 16 5 - 10

1510 - 17 2 - 10 4 - 8 6 5

7	15	1600	9	3	15 (19)	6	22
8	22	1	15	4	15	7	21
9	23	2	21	5	12	8	10
1580	21	3	15	6	13	9	54
1	25	4	8	7	22	1650	25
2	33	5	20	8	20	1	15
3	12	6	15	9	14	2	29
4	17	7	[illegible]	1630	8	3	22
5	4	8	7	1	5	4	26
6	21	9	15	2	15	5	15
7	21	1610	20	3	13	6	20
8	3	1	22	4	33	7	14
9	28	2	31	5	10	8	28
1590	10	3	41	6	6	9	36
1	11	4	11	7	11	1660	25
2		5	36	8	33	1	27
3	10	6	158	9	118	2	24
4	10	7	44 (41)	1640	23	3	12
5	16	8	40 (41)	1	10	4	9
6	5	9	40 (50)	2	50	5	5
7	21	1620	40 (40)	3	11	6	12
8	31	1	12 (12)	4	48 (48)	7	31
9	13	2	9 (9)	5	41	8	28

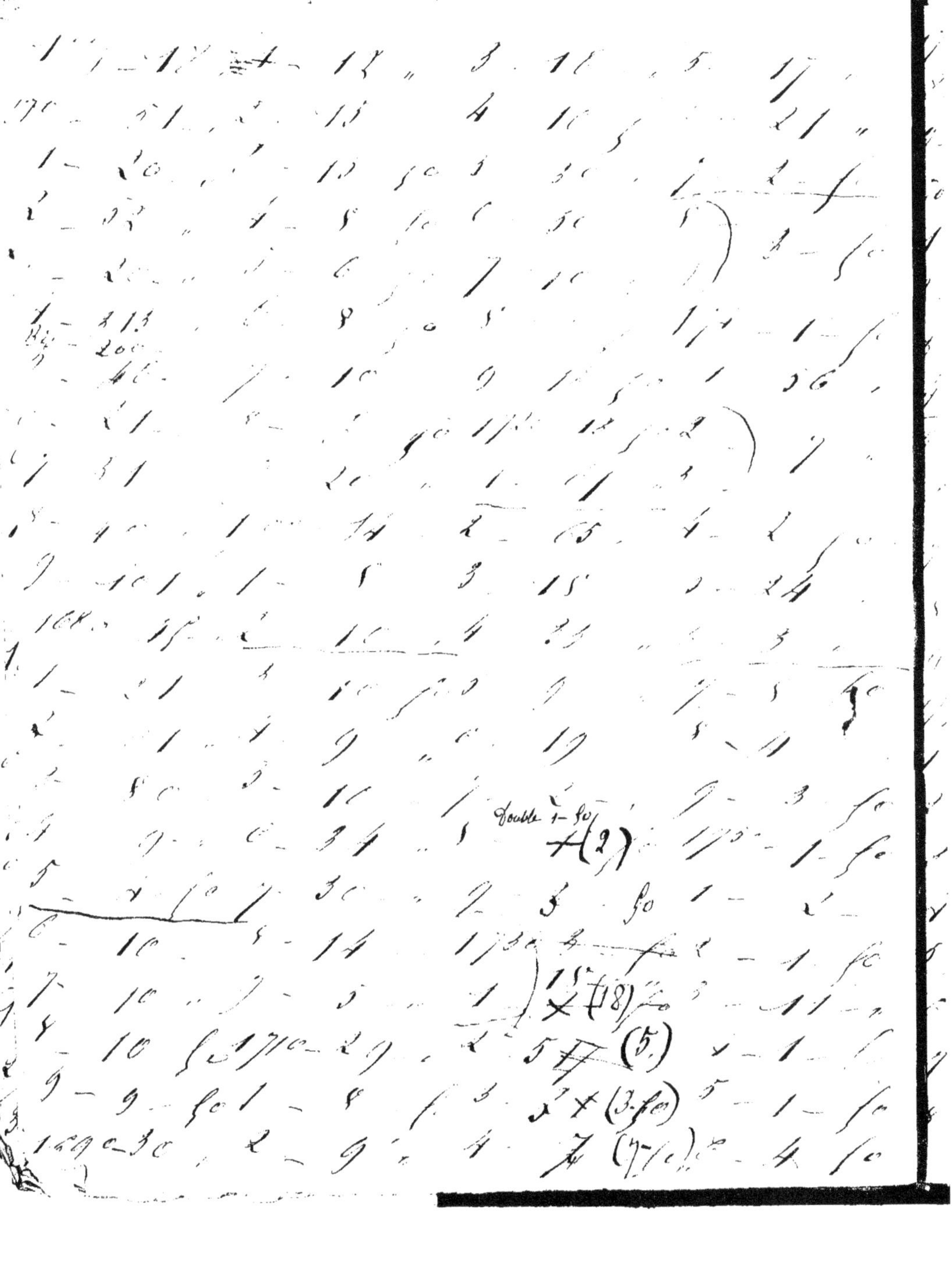

(14-16)

(2)

1830

1800

6 - 1 - 9 - 4 fo 2) 4 5) 4 fo

9 - " par 1900 1 fo 3) 6 6 fo

8 - 1 1 4 fo 1) 2 7 1 fo

3 fo 2 8 fo 0) 2 8 4 fo

5 - " 3 3 (- 0 9 4 fo

4) 1 6 2-10

4 fo 8 1 5 "

Manque

id 1 1 1/60) 8

2 1 5 "

16 6 3 fo

4 fo 1 - 4 fo 2000 3

5 " 3 4

2 5

5 " 1900 3 3 5 6

(3)

(2-So)

(2028)

211 – 3 – f° 214 – 1 f° 8 – avec 2162 4 – 3 f°

9 – 4 , 1 – 5 , 3 38 , 5 – 5

2150 11 f° 2 – 1

1 7 f° 8 – 13

1 – 2110 14 2 – 2 f° 4

1 f° 1 – 2 – f° 5 – 5 f° 5

avec le N°
2206 2207

22/1 [illegible] 58 . 5

5 22 7 51 . 7 44

6 25 5 42 2540 21

7 22 [illegible] 29 . 1 150

[illegible] 2/10 16 . 2 33

15 1 23 . 3 41

11 . 40 1 [illegible]

[illegible] 1 16 . [illegible]

[illegible] 1 42

[illegible] 13

2350

31 [illegible] 1

[illegible] 31

[illegible] 1 [illegible]

21 2 [illegible]

[illegible]

185 . 1 [illegible]

12 . 5 31

170 6 955

78 1 200

[illegible]

www.ingramcontent.com/pod-product-compliance
Ingram Content Group UK Ltd.
Pitfield, Milton Keynes, MK11 3LW, UK
UKHW020225180726
13838UKWH00005B/2190